# 頴原文庫本

# 冬の日

尾張五歌仙

全

目　次

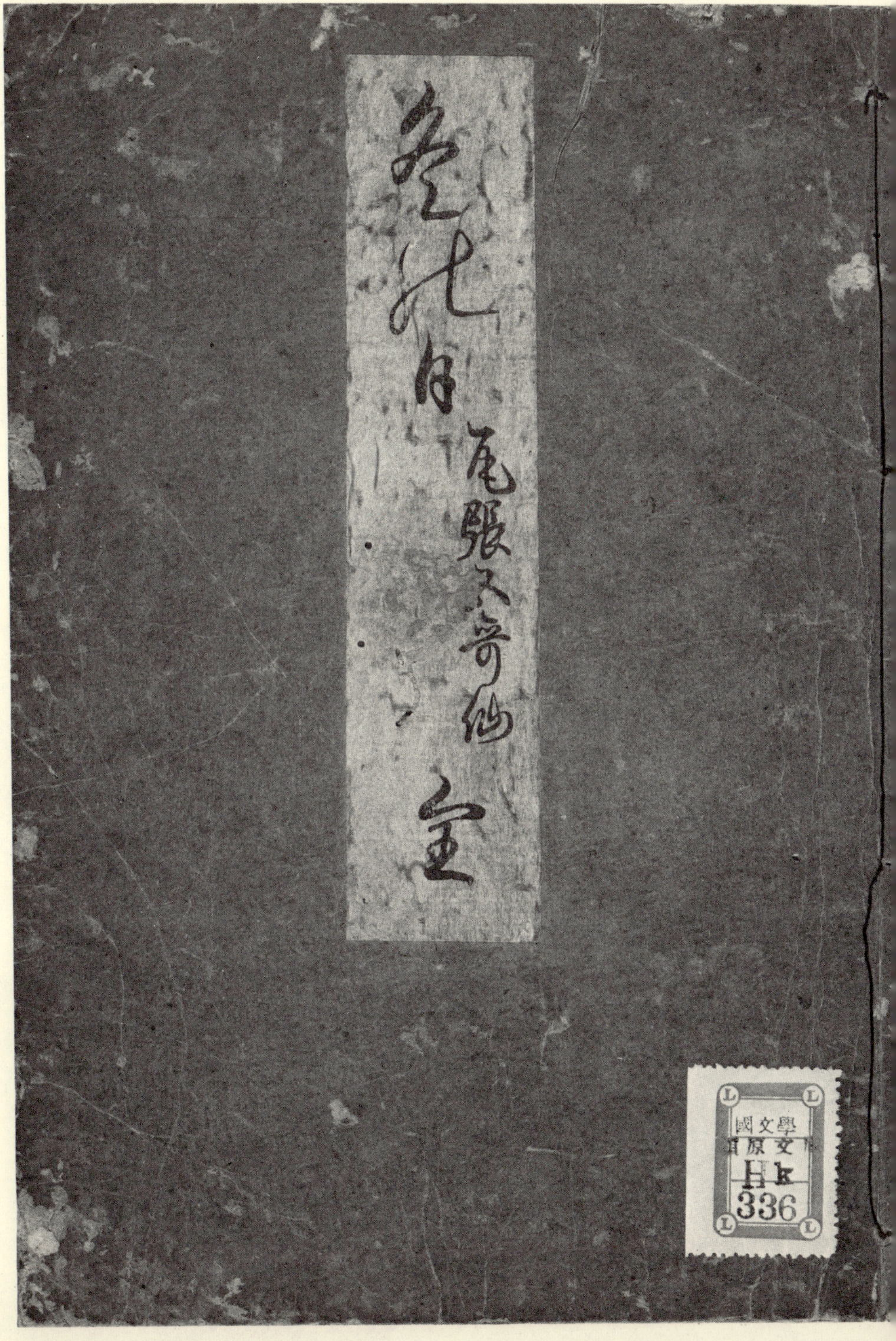
冬の日 尾張五哥仙 全
國文學
須原文庫
Hk
336

國文學
潁原文庫
'HK
336

五

笠ハ長途の雨にほころひ紙衣ハ
とまり〱の嵐にもめたり
侘つくしたるわひ人我さへあはれに
おほえけるむかし狂哥の才士此
國にたとりし事を不圖おもひ

出て申侍る

狂句こがらしの身は竹斎に似たる哉　芭蕉
たそやとばしるかさの山茶花　野水
有明の主水に酒屋つくらせて　荷兮
かしらの露をふるふあかむま　重五
朝鮮のほそりすゝきのにほひなき　杜國
日のちり〳〵に野に米を刈　正平

わかいほは鷺にやどかすあたりにて　野水
髪はやすまをしのぶ身のほど　芭蕉
いつはりのつらしと乳をしぼりすて　重五
きえぬそとばにすごすごとなく　荷兮
影《カゲ》法《ボウシ》のあかつきさむく火を焼て　芭蕉
あるじはひんにたえし虚家《カライエ》　杜国
田中なるこまんが柳落るころ　荷兮
霧にふね引人はちんば歟　野水

たそかれを横になかむる月ほそし　杜国

となりさかしき町に下り居る　重五

二の尼に近衛の花のさかりきく　野水

蝶はむくらにとはかり鼻かむ　芭蕉

のり物に簾透顔おほろなる　重五

いまそ恨の矢をはなつ声　荷兮

ぬす人の記念の松の吹おれて　芭蕉

しはし宗祇の名を付し水　杜国

三

笠ぬきて無理にもぬるゝ北時雨　荷兮
冬かれわけてひとり唐苣　野水
しら〳〵と砕けしは人の骨か何　杜国
烏賊はゑひすの国のうらかた　重五
あはれさの謎にもとけし郭公　野水
秋水一斗もりつくす夜そ　芭蕉
日東の李白か坊に月をみて　重五
巾に木槿をはさむ琵琶打　荷兮

うしの跡とふらふ草の夕くれに　芭蕉
箕に鮗の魚をいたゝき　杜国
わかいのりあけかたの星孕むへく　荷兮
けふはいもとのまゆかきにゆき　野水
綾ひとへ居《ジリ》湯《ユ》に志賀の花漉て　杜国
廊下は藤のかけつたふ也　重五

三

おもへとも壮年
いまたころもを振はす
埜水

はつ雪のことしも袴きてかへる
霜にまたみる蕣の食　杜國
野菊まて尋る蝶の羽おれて　芭蕉
うつらふけれとくるまひきけり　荷兮
麻呂か月袖に鞨鼓をならすらん　重五
桃花をたをる貞徳の富　正平

雨こゆる浅香の田螺ほりうゑて　杜國

奥のきさらぎを只なきになく　羽笠

床ふけて語ればいとこなる男　荷兮

縁さまたげの恨みのこりし　羽笠

口おしと瘤をちぎるちからなき　野水

明日はかたきにくび送りせん　重五

小三太に盃とらせひとつうたひ　芭蕉

月は遅かれ牡丹ぬす人　杜國

縄あみのかゞりハやぶれ壁落て　重五
こつ〱とのミ地蔵切町　荷兮
初はなの世とや娵のいかめしく　杜國
しのぶ涙にうらみ寝てしこのハ　ゆふ㒵　野水
襟えこに餌をゆふ秋や虫のこゑ　羽笠
うらむ起して家端にも筆　芭蕉
僕ふのく猶も挿れ蔕さハし　野水
三線からん不破のせきじ　人　重五

六

道すがら美濃で打ける碁を忘る　芭蕉

ねざめ〳〵のさても七十　杜國

奉加めす御堂に金うちならし　重五

ひとつの傘《カサ》其下挙《コゾ》りさす　荷兮

蓮池に鷺の子遊ぶ夕ま暮　杜國

まどに手づから薄《ウス》様《ヤウ》をすく　野水

月にたてる唐輪の髪の赤枯て　荷兮

恋せぬきぬた臨済をまつ　羽笠

秋蟬の虚《カラ》に聲きくしつかさハ　野水

藤の實つたふ雫ほちり　重五

袂より硯をひらき山の端に　芭蕉

ひとりは典《ス》侍《ケ》の局か内侍か　杜國

三千化も鸚鵡尾長のれゐるいくさ　重五

しらぬのそれさむ越の獨活荊　荷兮

つゑをひく事僅に　十歩

つゝみかねて月とりおとす霽かな　杜國

こほりふみ行水のいなづま　重五

歯朶の葉を初狩人の矢に負て　野水

北の御門をおしあけのはる　芭蕉

馬糞掻《カク》あふぎに風の打かすみ　荷兮

茶の湯者おしむ野べの蒲公英《タンホヽ》　正平

らうたけに物よむ娘かしつきて　重五
燈籠ふたつになさけくらふる　杜国
つゆ萩のすまふ力を撰はれす　芭蕉
蕎麦さへ青し滋《シ》賀《カ》楽《ラキ》の坊　野水
朝月夜双六うちの旅ねして　杜国
紅花買《カフ》みちにほとゝきすきく　荷兮
忍ふ間のわさとて雛を作り居る　野水
命婦の君より米なんとこす　重五

まがきまで津浪の水にくづれ行　荷兮

佛喰たる魚解《ホト》きけむ　芭蕉

縣ふるはな見次郎と仰がれて　重五

五形《ゲゲ》菫の畠六反　とこく

うれしげに囀る雲雀ちりちりと　羽笠

真昼の馬のねぶたがほ也　野水

おかざきや矢矧の橋のながきかな　杜国

庄屋のまつをよみて送りぬ　荷兮

捨し子は柴苅長《タケ》にのびつらん　野水

晦日《ミソカ》をさむく刀賣る年　重五

雪の狂呉の國の笠めづらしき　荷兮

襟に高雄が片袖をとく　正平

あだ人と樽を枕に春暮し　重五

芥子のひとへに名をこぼす禅　杜国

三ケ月の東は暗く鐘の聲　芭蕉

秋湖かすかに琴かへす者　野水

京は月なかやうしてしまど放下　杜国

禅よみの会仏藪なる鳥さつる　荷兮

のけしすゑ行燈けしに起侘く　野水

おもひの品川と夜の帯ゆ　重五

土の花飛たまゝ雨花枕の名を入　荷兮

その空をなんり紙に顔を揉ゆくく　芭蕉

なには津にあし火焼家は
すゝけたれど

炭賣のをのがつまこそ黒からめ　重五

ひとの粧ひを鏡磨《トキ》寒《サム》　荷兮

花蕀馬骨の霜に咲かへり　杜國

鶴見るまどの月かすかなり　野水

かぜ吹ぬ秋の日瓶に酒なき日　芭蕉

荻織るかさを市に振する　羽笠

賀茂川や胡磨千代祭り微《サヽ》近き　荷兮

いはくらの聟なつかしのころ　重五

おもふこと布搗哥にわらはれて　野水

うきははたちを越る三《ヘル》平《カホ》　杜国

捨られてくねるか鴛の離れ鳥　羽笠

火をかぬ火燵なき人を見む　芭蕉

門守の翁に紙子かりて寝る　重五

血刀かくす月の暗きに　荷兮

霧下りて本郷の鐘七ツきく　杜國
ふゆまつ納豆たゝくなるべし　野水
はなに泣櫻の黴とすてにける　芭蕉
僧ものいはず款冬を呑　羽笠
白燕濁らぬ水に羽を洗ひ　荷兮
宣旨かしこく釵を鋳る　重五
八十年を三つ見る童《ワラハ》母もちて　野水
なかだちそむる七夕のつま　杜國

西南に桂のはなのつぼむとき　羽笠
蘭のあぶらに卜木うつ音　芭蕉
賤が家に賢なる女見てかへる　重五
釣瓶に粟をあらふ日のくれ　荷兮
はやり来て撫子かざる正月に　杜國
つゞみ手向る弁慶の宮　野水
寅の日の旦を鍛冶の急起て　芭蕉
雲かうばしき南京の地　羽笠

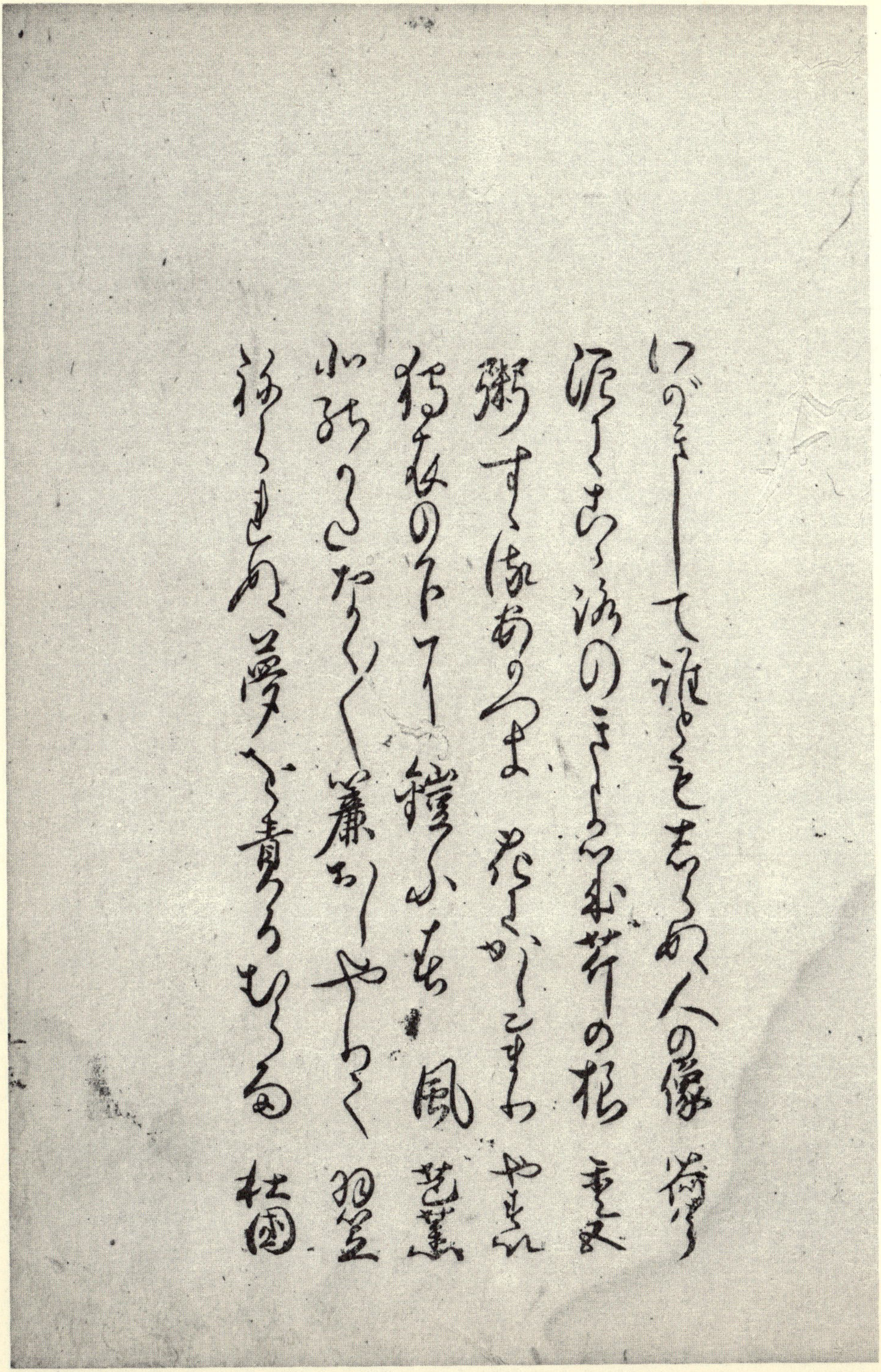

にのきして旅をまつめく人の像　荷兮
涼しき池のさゝら水芹の根　重五
粥すゝる傲あのつま花にかしこまれ　野水
狩衣の下に鎧ふ春風　芭蕉
北のかたなくなく簾おしやりて　羽笠
ねられぬ夢を責るむら雨　杜国

田家眺望

霜月や鸛《カウ》の彳々《ツク》ならびゐて　荷兮

冬の朝日のあはれなりけり　芭蕉

樫檜山家の体を木の葉降　重五

ひきずるうしの塩こぼれつゝ　杜国

音もなき具足に月のうすうすと　羽笠

酌とる童《ワッパ》蘭切にいで　埜水

秋のころ旅の御連歌いとのりて　芭蕉
漱くまれ筆冨士こゆる寺　荷兮
霧として椿の花の落る音　杜國
茶に糸遊をそむる風の香　重五
雉追に烏帽子の女五三十　野水
庭に木曽作るこゑの落夜　羽笠
あつめのよ山橋にたどるらん　荷兮
麻かりといふ哥の集　あむ　芭蕉

江を出て獨栄庵と世を捨て　重五

我月出よ身をおもふ身を　杜國

をれ衣笈かり旅花をも拂　羽笠

篭輿ゆるす木瓜の山あひ　野水

骨を見て坐《そゞロ》に泪ぐみうちかへり　芭蕉

乞食の蓑をもらふしののめ　荷兮

泥のうへに尾を引鯉を拾ひ得て　杜國

御幸に進む水のみくさみ　重五

ことにてる年の小角豆の花もろし　野水

萱屋まばらに炭團つく臼　羽笠

芥子あまの小坊交りに打むれて　荷兮

おるゝはすのみたてる蓮實　芭蕉

しづかさに飯臺のぞく月の前　重五

露をくきつね風やうらしまよ　杜國

釣柿に屋根ふかれたる片庇　羽笠

豆腐つくりて母なん喪に入　野水

之路ゐの草は秋を破るべし　芭蕉

伏りん木蝶の綾をとらくを迄川　荷兮

いろふかき男猫ひとつを捨かねて　杜国

春のしらすの雪はきをよぶ　重五

水干を秀句の聖わかやかに　野水

山茶花匂ふ笠のこがらし　羽笠

十六

追加

いかに見よと難面うしをうつ霰　羽笠

樽火にあぶるかいなしの松　荷兮

とくさ刈《カリ》下着に髪をもやして　重五

檜笠こく宮をやつす朝露　杜国

銀に蛤かはん月は海　芭蕉

ひらりく橋をせのく岐阜山　野水

貞享甲子歳

十七

# 『冬の日』初版本考

貞享から元禄にかけて、俳諧七部集など影も形もなかつた。話はそこからはじまる。『冬の日』が、『猿蓑』・『炭俵』等個々の本がまずあつた。そして何十年かを経て、それ等を集め、七部集としての本が新規に作られた。七部集の版本といつても、七部各集別々の単独版と、七つの書を合纂したものと、大きく分けてただこの二つの系統があるだけのことである。七部各集の単独版を合纂本に対して古版というわけだが、本稿の対象はその古版にある。

今はた芭蕉翁門人の誹書、旧新とも悉ク題号をあげ、作者・代付など、つぶさにあらはす。古風・当風によらず、一銭も引下不申候。自今已後の書は追〳〵に加入せしむものなり。事しげければバ、作者のたがひもあるべきにや。さもあらバ、重而の書にあらたむるならし

元禄十五年午九月吉日　京寺町二条上ル町 井筒屋庄兵衛板

の口上書をのせた『井筒屋俳諧書目録』は類本に乏しく、管見のいずれも写本で、石川巌編『阿誰軒編集 誹諧書籍目録』にも附録として翻刻されているが、この底本の素性はどんなものだつたか、巻末には「宝永四丁亥年　誹諧書林　京寺町二条上ル町 井筒屋 筒井庄兵衛重勝板」とある。元禄五年有序の井筒屋自撰『阿誰軒俳諧書籍目録』下に、

書籍拾遺　二冊 元禄五ノ夏　此目録に書もらしたる書籍追加也　阿誰撰

と、上梓を広告したこの書名のものが、果してその通りに出たかどうか、現在確認されてはいないにしても、少なくとも上引のような姿の井筒屋俳諧書目録は元禄十五年に、更にその後の分を追加し補つた上、次いで宝永四年にも続刊されたことは疑うべくもあるまい。要するにそれ等は、その時点での井筒屋蔵版の俳諧書籍及び販売目録をかねたものであつた。

元禄十五年目録の巻初には、「目録次第不同 但、右ハ手前にて板行致候分の目録也。他所にて板行のも

のハ不載」と断り書を述べた後、まず

春の日　貞享二年　壱冊物　売値段　八分
冬の日　同年　同　同　同

から筆を起している。右所引の底本は綿屋文庫紫影旧蔵写本だが、石川翻本に小異も多く、例えば『冬の日』の売値段を石川本では一匁とするが、いずれを正しいとするか。原来、古版本『冬の日』には書肆名に関するものの記事は書中に一切所見せず、本書が井筒屋版であることは、形の上からは明らかでもないが、上掲の諸目録によつて、井筒屋版と考えたわけである。ともかく、貞享度に出版した『冬の日』は、元禄・宝永と引続き井筒屋に蔵版され、適宜追刷りを重ねながら売り出されていつたものとみえる。

更に、「延享弐年乙丑五月吉日　重寛板」の刊記をもつ『俳諧書籍目録　京寺町二条上ル町 井筒屋庄兵衛 宇兵衛　板行』のうち、「芭蕉翁並門人俳書次第不同」の条には、冒頭に

冬の日　芭蕉翁 尾張五歌仙　一冊

と。当目録奥に、「此外、板行出来次第、追々書入可申もの也。但シ、○此しるしの分、板行紛失いたし候。跡より段々彫足シ、出し可申候。右之外、蕉門之俳書、板行数多有之候へども、唯今ニ而ハ、板行焼失いたし居申候。跡より追々出し可申候」という。この目録に掲載のものが当時井筒屋が蔵版する俳書のすべてだつたとすれば、前出元禄十五年或いは宝永四年の頃に較べ、随分版数も減つたといわねばならぬ。いうが如く、焼版とか更に又不慮の損傷・虫損など避けがたい事情もあつたのだろうが、それ以外に、時代の変還につれて、蕉門俳書だからといつて何もかも不易に流行するわけでもなく、商品としての適不適もあつて、旧版は次第に陶汰整理されていくのもけだし自然の勢いというものであろう。当世の好尚に応じた新版の補給を怠れば家運の衰退を招くのが、どの世界いつの代にも動かぬ理法で、近世を通じて出版業界大方浮沈のさま、まことに如露亦如電が実情であつた。しかしともかく、『冬の日』には○印もつけられておらず、焼けたり削られたりもせず、当時なお井筒屋の版木倉庫には一枚も欠けずに保管されていたのは確実である。

『俳諧書籍目録　蕉門俳書所　京都 井筒屋庄兵衛 橘屋治兵衛』は、井筒屋と橘屋の蔵版販売書目を合綴したものだが、井筒屋のには宝暦六年の『芭蕉句撰拾遺』あたりまでを収録してあり、ほぼこの頃の在庫版目録なのであろう。橘屋分の総計十三丁に対し、井筒屋のはわずか全一丁、四十数部を登録するに過ぎず、次第に傾斜してゆく名家の末路をみるようで、哀れは実に深い。はじめの部分に、「右七部集、翁并門人撰」として七部各集の名をあげているが、勿論合纂七部集本でなく、それぞれ別個の単独版である。享保末年をもつて俳諧七部集選定の時期とするのは通説である。七部の書の選定者が井筒屋であつたというのでは勿論ないが、偶然かどうかそれ等の殆んどは井筒屋の蔵版にかかるものであつた。蕉門にとつて価値ある書は、従つて大概が井筒屋の版だつた。自家蔵版のうちの七つの書を、七部集の名において井筒屋がセット販売するようになつたのは何時の頃か

らなのだろうか。延享目録では七部の各書は互にばらばらの形で著録されており、七部集の名称をまだ使用してはいない。七部集といつた考えは、よし享保度に起り、同末年には七部の書名も固定したとはいうものの、要するに当初は一派一地域ほどにしか通用せぬ特殊現象で、それが一般化し、具体的に京都あたりにまで及んで、且つ定着するには、いま少しの年月が必要であつた。

思うに享保という年は、元禄蕉門俳書のうちのある種のものが古典化した時代でもあり、井筒屋は当初以来蕉門俳書大方の版元だつたが故に、それ等はいずれも井筒屋版であつた。中でも七部集の各書は、七部集選定以前から既にそうした俳諧古典の代表的なものであつた。美濃派・伊勢派のいわゆる支麦の徒によつて開発された田舎蕉門が、次々と出す新版俳書の数は決して少ないものでなく、享保前後からの京版の大半は、この連中の集で占められた趣がある。それに較べ、蕉門俳諧古典の蔵版ものは主として井筒屋が扱つていたようだが、その売行の調子は絶えることなかつたにしても、微々たるものであつただろう。新興勢力を一手に引受けた恰好の橘屋では、従つて新版に重点をおき、むしろ旧版ものをくりかえしている有様だつた井筒屋の地位を次第に奪い、宝暦期を境に彼我の立場はあからさまに逆転する。安永・天明の中興期では、切角古翁の風躰が復活したというのに、蕉門御俳書所としての井筒屋往時の勢は殆んど失われ、かつて元禄俳諧に輝いた栄光の星は、再びこの者の上を照らすことはなかつた。そうしたなかに、井筒屋にとつて七部の書は、わずかに手中に残された、金の卵を産む鶏だつたに相違ない。家運の傾斜にあわせるように段々に蔵版の数を減らしていつたが、「右七部集」などと自家の販売目録の最初にわざわざこれ等をまとめて、現在ならそこだけを特に太字で書くようなやり方は、この版に托した心情のほどもみすかされそうで、かえつていじらしい。

一匁五分　春の日　貞享二年　蕉翁撰　一冊
壱匁六分　冬の日　蕉翁撰　一冊

『春の日』・『冬の日』の目録排列順序は著撰年次に逆なのだが、どうしたことか元禄目録以来井筒屋のしきたりはこのようであつたらしい。元禄目録では売値段八分だつた『冬の日』が、この宝暦目録では一匁六分とほぼ倍加したのも、書価の一般的な上昇傾向による格差とみればよい。どういう風に値上りしようと、翁の余風の栄える限り、七部集の売行は、新刊書のように華々しくはなかつたであろうが、確実に伸びていたはずである。

宇田久編「古板俳諧七部集」の第一集『冬の日定本』は伊藤松宇蔵本による複製だが、底本選定の基準を何としたか、説明はない。口絵の写真によれば、所拠の松宇本は、小菊らしい紋様を一面に散らして空摺りした表紙のものである。こうした意匠の一類の表紙を、かねて私に小菊紋模様表紙、或いは略して小菊表紙、小菊本など勝手に称しているのだが、適当かどうか。経眼の範囲では、これを表紙にするのは俳書が専門で、はじめは井筒屋、追つて橘屋にも及び、次第にもてはやされてやがては俳書一般のきまり表紙といつたまでに流布してゆく。使用年代の上限を大体明和・安永の交と推測しているのだが、下限は天保を経て明治の旧派時代にも至る。最も流行したのはやはり天明・寛政期か、地域的には京版。現在七部集の古版といわれているのは、セットとして再編成された七部集合に対しての称呼で、年代でいえば寛政七年の『俳諧七部集』以前の、各集個別の単独版、というに過ぎない。古版なる名称をもつて、貞享とか元禄などいつた、初刷早印等刷時の新旧を保証するものでない。例えば、「古板」の二字を冠する『冬の日定本』の定本が何であらねばならぬのか。古版とある以上、それは版としては貞享の原刻本であり、そして初刷か、せめてそれに近い早印本、少なくとも小菊紋表紙以前であらねばならぬ、などいつた吟味に対する心構を、この定本の編者は皆目用意していなかつたらしい。松宇文庫本が小菊紋表紙をもつて装幀されている以上、その本の摺りたて時期は、いずれにしてもそれほどまでに溯らせ得るものでもあるまい。

『冬の日』古版の大体については、かつて拙論を述べたことがある（明治書院版『俳諧大辞典』「冬の日」の項）。主旨は、京都大学文学部潁原文庫蔵本を、現認諸本中での最早印本、多分貞享時の初印か、というところにあつたが、この旧説を訂正しようとはいまなお思つていない。これに次ぐものとして早稲田大学中村俊定教授の蔵本、それを元禄時の後印かとみた。潁原本を基準とするとき、俊定氏本を経た後のすべての小菊紋表紙本が露呈する版面の様相は、まことに磨損度の激しいものであるが、いかに荒れ疲れようとも、題簽をも含め、版は全くもとのままで、一枚の補版もない。潁本から小菊紋の諸本にいたるまで、井筒屋ではこの一つの版木で『冬の日』を刷りつづけ、古翁が貞享ぶりの宣揚に尽してきたわけである。

鳴海下里知足の『知足亭蔵書目録』は延宝六年の書留だが、巻末に追記して『越後記』・『匠材記』をあげ、続けて、

一　俳諧冬ノ日　壱冊
一　同竈集　同（注、貞享元年刊）
一　同いきうつし　同
一　横物歌本　八十宇治川　一冊
一　続空栗　上下弐札（注、貞享四年刊）
一　つゞきの原　天地弐札（注、貞享四年刊）
一　蛙合　一札（注、貞享三年刊）

とまであつて、当目録は終る。右に所載の俳書は、末見の『いきうつし』を除きすべて貞享中刊なので、この項は貞享末時の筆録かと推定され、同文庫本『冬の日』も従つて貞享刷本ということになる。撰者荷兮と知足との当時の間柄から、それは摺りおろしの、多分配り本だつた可能性もあり得るであろう。昭和十年発行の『下郷文庫目録』は、知足以来代々の蔵書を下郷家から旧制第八高等学校に寄贈した目録だが、それには二つの『冬の日』を著録、うちの一つは小本七部集本なので、目下の関心の外にある。いま一部について、

冬の日（尾張五歌仙）　松尾芭蕉撰　貞享元年　版本　一冊

と、頗る省略したこの記述から本書の実体は知るすべもないのだが、

それが知足手沢の旧蔵書であったらしいことは、知足目録に著録のものが寄贈目録に多く重複吸収されている様子からも、ほぼ確実であるらしい。貞享刷本『冬の日』の実相、ひいては潁原文庫本の正確な刷時などいつたくまぐままで、下郷文庫本は種あかしのこの上もない有力な材料かと思われるのに、従前一度も人目にふれて注意をひくほどのこともなく、昭和二十年の戦火に亡んでしまつた。

潁原文庫本を原版発行時の初刷かと推定したのは、表紙や題簽や紙や墨色や刻線の鮮鋭さなどいつた、まず本扱いの定石をふんだ上での発言でもあつたのだが、更に、内部証徴としての本文校異などの作業を放棄していたわけでない。

『冬の日』所収五歌仙のうち第三「つゝみかねて」の巻名残二枚目表初句（一〇・オ）は、俊本以下小菊本など通常流布本では

烹る事をゆるしてはぜを放ける　　　杜国

この「はぜ」、これが潁本では何と解読しようとも「はげ」でしかあり得ない文字に彫られてある。前句の「秋湖かすかに琴かへす者　野水」、附句の「声よき念仏藪をへたつる　荷兮」の附肌から推しても、「はげ」は当然「はぜ」であるべきだろうし、現に潁本以外所見本のすべて、「はぜ」に従つている。当句を受ける句前の人は外ならぬ荷兮、前句を読みあげる執筆の吟声に一座の連中誰よりもきき耳を立てていたのは彼だつたはずである。「はげ」か「はぜ」か、附句作者の耳に曖昧のままにすまされてよい筋合のものでない。その荷兮によつて、『冬の日』は編まれているのである。

元禄五年刊『広益書籍目録大全』の「俳諧書」の条では、『冬の日』について「江戸　桃青」となつており、当時では普通そのように受取られていたのだろうか。『冬の日』書中に撰者の名を明示した箇所はないが、荷兮がそれとして考えられている。とすれば、本造り作業のはしばしにまで、彼の神経はゆきわたつていたことであろう。「はげ」と「はぜ」の相異が、歌仙興行の席での聞きそこねでないことは既に述べた。次は、原稿自体の誤記、それを版下はそのままに写しとつてしまつたというのだろうか。それとも、版下作製の工程中に発生した事故なのか。更には刻工の誤刀か。思うに「げ」と「ぜ」の書写字形の相似がすべて禍のもとであるらしい。原稿か、版下か、彫工か、その何れの段階において相通誤認行為が構成されたか。原稿は勿論、版下の執筆作製までが撰者側の責任で、以下の工程はすべて本屋の管理下にうつり、その間一切本屋まかせで、全く作者のかかわるところでない、といつた業務分担も当時俳書出版の一形態だつたかと考えている。潁本「げ」が示す刻字姿勢の不自然さに勘按して、直接の責任は刻工にあるように思えるのだが、その者をしてかく迷いあやまらせるような紛らわしい字様を書いた原稿或いは版下筆者に、全く罪がないというのではない。

元禄十年刊、荷兮撰、『橋守』は上下二冊、先年までも完本は知られないままに、下巻零一冊でさえ天下の孤本だつたものが、戦後早々、小牧の市橋本と伊丹の柿衛本と、上下揃いの完冊がしかも二本まで出現した。右の存三本を検討してさて気づいたことの一つは、

版刻途次での校正や補訂など、作者の介入し得ない過程で発生した本文の誤りにも、彫版後ではまことに厄介な方法を用いねばならぬのだが、正しい姿に改めようとする努力をそれでも荷兮は怠っていない、という点である。例えば、下巻二丁表六行、

**あふ時ハ皿程の目も糸やなき**　　執筆

について、刷られてきた本に大変な誤りがあったのだろう、太字の分は原の版のそのところを切りぬき、別印の紙をもって切張りの修訂を施している。談林時代の惟中もそうであったが、荷兮は自分の本の出来具合に無頓着であり得ぬ型の、多少癇癖の強い人間だったように思われる。『冬の日』の「はげ」が「はぜ」の誤りだとすれば、よし刻工か誰かの手違いとしても、最終責任の所在は撰者にあり、それを何とか仕末しなければならぬ。まして荷兮にとってはじめて手がけた記念の集であり、蕉門尾張衆としても且つ同時に左様であった。本は全部著者買上げの、勿論自費出版だったろうが、印刷部数は百を果してどれだけ越したことか。墨の香も新しくようやく届けられた刷り本のまず第一冊の一枚一枚を繰って、「はげ」のところに逢着する。そのときの荷兮が困惑の渋面は目に見えるばかりで、舌打ちの声はあからさまに耳に聞えてくるようである。さて荷兮はそれをどう処理したか。

中村俊定氏蔵本を底本にした複製武蔵野書院版『冬の日』が出版されたのは昭和三十六年。俊本『冬の日』は、いつか眼福を得た際の記憶では、題簽は跡を表紙の中央に遺すのみで既に佚していたものの、十六弁大輪重ね菊の模様をあしらって頗る派手な感じの表紙で、ともかく保存のよい本だった俤が髣髴する。同装の表紙をもった俳書としては、嘱目するところ他に綿屋文庫本『青葛葉』・『青莚』と柿衛文庫本『蓑笠』の三本を数えるのみだが、以外にも将来目睹の予想を捨てているのでない。柿衛本『蓑笠』は先に綿屋文庫「俳書叢刊」に所収翻刻したが、同解説「薄砥粉色地、菊花模様入表紙」云々の文章は、いま少し言葉遣いさえ丁寧にすれば、綿屋本『青葛葉』・『青莚』や俊本『冬の日』にもそのまま通用する。右四書の表紙は、単に様式としての図柄を等しくするだけでなく、同じ一つの版木から摺りだされた製品なのである。表紙の紙の模様を摺る版木は、書物の表裏分をもあわせた一枚版であったらしい。右四本とも、表裏一つの組模様としても一致しているからである。表分と裏分とが別々にではなく、一具の姿で、一枚一冊分として売られるのが習わしでもあったらしい。出版仲間の組織関係としては、紙は紙屋、版木は版木屋、表紙は表紙屋、それに製本はそれと、各自前の業体を立てるのが通常のようである。表紙屋が商品として、ある意匠の表紙を案出して売出すとき、それには在庫数量に限度があり、手持ちの時期とか期間、更には販売地域についても一定の限界があらねばなるまい。とすれば、同一表紙を使用した書物の出版年次や出版地は相近接し、一致する、といった思考方式も一応原理的に成立する。表紙のようなものにも時の好尚変化はあり、隆替の歴史もあったので、その一々の例証は指を折るにこと欠くほど貧少

でない。俳書における小菊紋は表紙意匠としての一類型であり、時と所によつて、その同一形式の中で少しずつ趣を異にしてはいるものの、流行全期間の上下限には割合長い年月を宛てねばならなかつた。確かに朝鮮本の系統を引くと考えているのだが、近世初期の空摺り牡丹唐草模様等のいわゆる行成表紙、やや後れて、鶴屋や鱗形屋や松会版等江戸系絵草子屋本における紗綾地に巻竜紋の表紙もこの例にもれない。それ等とは多少違い、上述四書にみられる重ね菊紋の場合、単に意匠の型として形似類同するというだけでなく、更にともに一つの版木から摺りだされた絶対同一の製品だ、というのである。

元禄十五年井筒屋目録に、

みの笠　同十二年 大坂舎羅　二冊　二匁
青葛葉　同 尾州荷兮　一冊　一匁五分
青むしろ　同十三年 備中崎除風　二冊　二匁五分

と。いずれも元禄十二・十三年の井筒屋版であつた。これら『青葛葉』なり『みの笠』や『青莚』の表紙を選んだのは誰か。恐らく井筒屋が用意してみせた多くの用紙見本のうちから、撰者が好みによつて採択する、といつた方法をとつたのではあるまいか。『青葛葉』と俊本『冬の日』が同表紙であることの事実から、荷兮撰のこの両書が同一時点での製本、更に印刷、即ち元禄十二年刊、そして表紙はともどもに撰者荷兮の選定によつたらしく想像される。版相の態からみても、現在知られている限り、俊本『冬の日』は顕本に次いで古刷で、元禄十二年の後印本だとみる主張を、いまなお変更しようとは思つていない。

俊本『冬の日』が顕本よりも後印なのは、両者の版面を比較しても一目瞭然だというのである。俊本の刷時を元禄十二年とすれば、顕本のは勿論それ以前に溯るが、具体的にそれは何時か。前にもいつたように、自分の本について、印刷上の一寸したミスにも黙過し得ない性格の荷兮だつたとすれば、「はげ」について、こうした誤りは読めばわかるし、わかれば直ぐに処置をする。刷本『冬の日』を荷兮がまず最初に手にし、読んだのは何時か、こんな厄介な、そして間のぬけた設問はするものでなく、答える必要もないのかも知れない。逆にいえば、「はげ」形態のテキストは、荷兮の修正を経ない、つまり井筒屋から届けられたままの第一次摺りおろし本、即ち顕本『冬の日』を貞享初印本、と規定する。

顕本と俊本との版刻上の相違を、『俳諧大辞典』にあげた以外の二三について、武蔵野書院版解説は指摘する。例えば、前述「つゝみかねて」巻一枚目初折裏四句（八・ウ）

蕎麦さへ青し滋賀楽《シカラキ》の坊　　野水

の「滋」の片仮名附訓「シ」は、顕本に完全だつたものが、俊本ではその第三画を欠く、と。確かにそのようである。しかし、俊本よりはるか後印諸本のどれもがみな、右指摘のところは筆画円満に具足しており、しかもそれは入木などというものでなく、歴として顕本に同版である以上、俊本の第三画欠除云々は、版そのものに問題があるのでなく、摺刷時の墨つきの不具合とか摺りむらなどによるたまたまの特殊現象に過ぎず、刷次決定の材料に使えるほど本質的なものでない。

墨つきの有無に関し、潁本と俊本とのいま一つの確かに更に大きな相違は、巻末第十七丁裏刊記の項についてである。潁本には本文同様明瞭に刷りだされている正楷「貞享甲子歳」の五文字が、俊本のそのところには何もなく、全くの白紙のままである。潁本末尾上述の五文字がその本文に同手一筆の版下であることは多分動くまい。しかし本文とは、彼此の間において筆意なるもの明らかに異つており、つまり刊記としての特殊意識のもとに筆は運ばれているらしい。書体から字配りから、紙面に占める場所どりをはじめ、それに盛るべき事項こと柄に至るまで、刊記には刊記としての流儀がある。この五文字が刷られている位置も、刊記として以外には落付きようのない一行のたたずまいではないか。さて、これを刊記とみた際、しかしそれだけでは何とも片端な表現で、舌たらずきわまる。書肆名を具えぬのもさることながら、刊年としても干支ばかりで、何故月や日を省いたのだろうか、いやしくも本造りに常識あるものの所業とも受けとられぬ。『冬の日』所収五歌仙の興行が成就したのは、その名の通り貞享元年の中晩冬頃であつた。そして早々に原稿を整理し、版下を清書し、年内刊行を予定して「貞享甲子歳」及びそれ以下の例えば月日をも入れた奥記を荷兮は原稿に用意した、と想定してみよう。が、ことは撰者の希望したように進んだか、どうか。

『冬の日』の刊年については、「貞享甲子歳」により、ただ漫然と貞享元年といわれてはいるものの、別に証拠あつての論でもないようである。元禄五年の阿誰軒目録に、

冬の日　一札 貞享元初暦　芭蕉作

とあるのが、当件に関する記録としては早いものであろう。貞享元年の冬に成立したこの集が、暦日の運行を逆転させ、こともあろうにその年内「初暦」に出るなど、尤も笑止の沙汰である。論証を必要としないならば、「元」を誤字か誤刻かとみるのも一法だろう。誰がどの工程で、類似の故に例えば「二」を「元」に混同したのか。阿誰軒目録は年代順排列を原則としており、この次項は鬼貫の

有馬日書　一札 貞享元年子九月廿八日

だが、従つて、『冬の日』の「貞享元初暦」は、配置の上からはかえつてその方が自然で、いわれなき誤字説は論者の無策な手の内をみせるようなものの、「元」年はしかし何としても歴史の現実に矛盾する。元禄十五年以下の井筒屋目録が『冬の日』の刊年を貞享二年としたのは、拠るべきところあつての論なのか、深くも思わぬ根なしごとなのか。元禄五年の阿誰軒目録といい、同十五年目録というものの、ともに同じ版元井筒屋所撰なのに、何故一つを捨てて他に従うのか、依怙の批判はまぬがれまい。ともかくいま仮に、実際に刊行の時が貞享乙丑二年だとすれば、最初原稿及び版下の時に刊年として予定した「貞享甲子歳」云々は十日の菊、既に不要の文字たること確かである。

貞享版に同版の後印本小菊紋表紙『冬の日』第十七丁裏には、諸本すべて「貞享甲子歳」の五文字あり、そこまでも含めて貞享版に同版であるのはいうまでもない。古版『冬の日』は毎半葉八行、見開き十六行、つまり歌仙俳諧懐紙の一句一行書きを適当に半紙本にうつしかえ易いような体裁をとつている。俳書装幀の歴史において、書形としての半紙本形態は歌仙形式の流布に歩調をあわせて一般化したので、それほど古くは溯らず、貞享当時は丁度過渡期に属し、版面装備の様式もまだそれほどに固定せず、『冬の日』全篇の構成や割付技術も古朴頗る愛すべきだが、なお稚拙の域を脱せず、ぎこちない。全十七丁の割付を図表すると左の如くで、随分理窟通りに整然として、贅沢で無駄多く素人臭いが、これにも荷兮の自負なり苦心の存するところあつたのだろう。この附表でもわかるように、各歌仙名残裏六句の裏面の一頁分、即ち、第四・七・十・十三・十六の各丁裏、それに第一丁表は白紙のままである。纈本或いは小菊本の上述各白紙面を仔細に検討すると、版心線から測って三又は四糎左のあたりに、縦ざまに帯線状の墨汚れ様の跡を、ごく微量であるが濃く淡く、細く又太く、更には全く名残を残さぬまでに消えて、諸本の幾つかに発見することがある。しかもそれは線というよりはむしろ面としての拡がりをもつているようでもある。その縦線右端から版心線までの幅開きは各丁ごとに多少相違するが、それぞれ同丁間では諸本みな一定しており、一見不規則をきわめた、あるかなきかのこの汚れ迹も、そのときどきの偶然でなく、何か意味ありげに思われてならぬ。刷りの墨色が丁を単位にして小異しており、古版『冬の日』の版木は一丁二頁を一面とする版板であつたらしい。白紙割付の四・七・十・十三・十六裏の各版半丁は従つて彫りを必要としない、素版のままのいわゆる「黒板《くろいた》」であつてよいわけである。しかしその版面半丁分全部が黒板であるのは、墨刷きや摺りの作業上まことに非能率で、且つ紙を汚損するといつた点でかえつて扱いに面倒である。

次頁上図は四・七・十・十三・十六裏白版面の平均基本図で、版

| 仙歌 | 付丁 | 裏表 | 数行 |
|---|---|---|---|
| 一、狂句木枯の巻 | 1 | オ<br>ウ | ／<br>書詞 |
| | 2 | オ<br>ウ | 6<br>8 |
| | 3 | オ<br>ウ | 8<br>8 |
| | 4 | オ<br>ウ | 6<br>／ |
| 二、はつ雪のの巻 | 5 | オ<br>ウ | 6<br>8 |
| | 6 | オ<br>ウ | 8<br>8 |
| | 7 | オ<br>ウ | 6<br>／ |
| 三、つゝみかねての巻 | 8 | オ<br>ウ | 6<br>8 |
| | 9 | オ<br>ウ | 8<br>8 |
| | 10 | オ<br>ウ | 6<br>／ |
| 四、炭売のの巻 | 11 | オ<br>ウ | 6<br>8 |
| | 12 | オ<br>ウ | 8<br>8 |
| | 13 | オ<br>ウ | 6<br>／ |
| 五、霜月やの巻 | 14 | オ<br>ウ | 6<br>8 |
| | 15 | オ<br>ウ | 8<br>8 |
| | 16 | オ<br>ウ | 6<br>／ |
| 追加<br>刊記 | 17 | オ<br>ウ | 7<br>1 |

面ABEFのうち、CDEFの斜線部を黒板のままに残し、高さ十五・一糎、幅三~四糎をもつてABCDを彫りさらえてある。この三~四糎の幅は、この場合必要数値の最小限度で、このような仕組はもとより版刻上の常識だつた。印刷の場合、黒板CDEFに墨をつけず、又摺刷もしないのだが、何かのはずみでつい紙面を汚す、これも職人仕事によくあることである。その不手際の跡が『冬の日』現刷諸本に隠顕する縦墨線CDで、線の位置はその丁ごと各本の各例を通じて相互に確実に一致する。四・七・十・十三・十六丁の版木での、図示するが如き黒板の存在は既に仮設でない。

　同様の現象は第十七丁裏にもみられる。版心線より左方八・五糎のあたりにかすかに墨の汚れを検出する諸本の幾例かがあり、図示すれば本頁下図の如くである。即ち「貞享甲子歳」の五文字が彫られているのは、全版面ABEFから黒板CDEFを除いた、残八・五糎幅ABCDの中央よりやや右寄りのあたりである。とすれば、摺りの技術上から考えて、「貞享甲子歳」一行分の左側四糎帳の所には何一つ書加える余地もない。『冬の日』第十七丁裏には製版の最初から「貞享甲子歳」の表現不足な一行があつたばかりで、それ以外何も加え得ないのが実情で、又何も加える意図もなかつたので、現に何もない。他に何かあつたものが削られていまの姿に残つた、というのでもない。しかし、それは版下の段階から既にそうであつたのか。

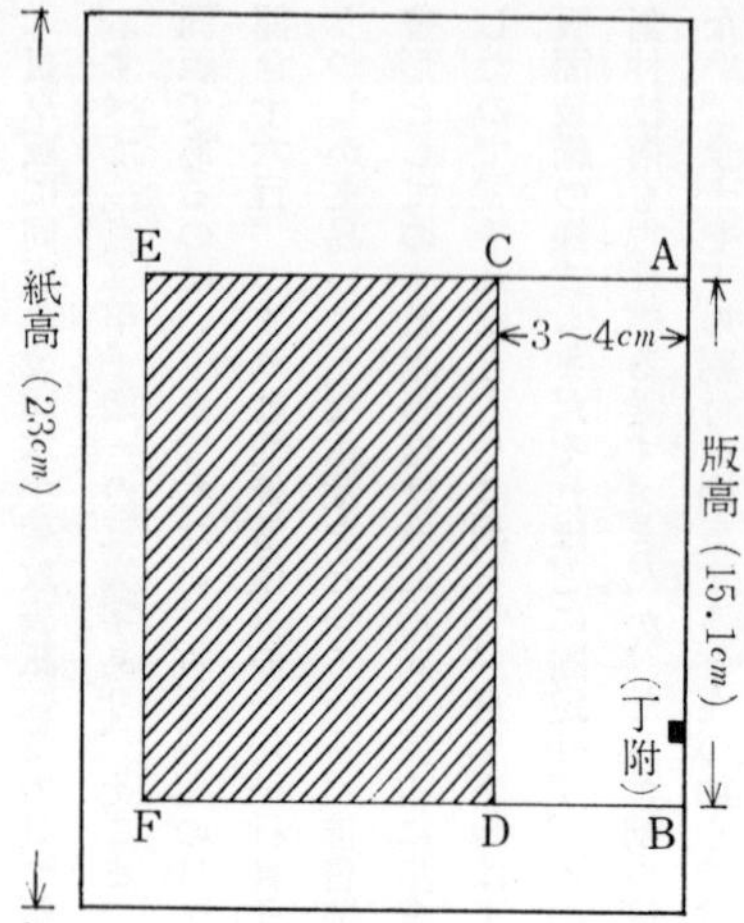


　よし版下原稿が如何にあつたとしても、版木自体には、その年号に月日が附刻されていたり、更に所付けにあわせて本屋名が「貞享甲子歳」の左一行に彫りそえられていたとみる推測に対して、少なくとも第十七丁裏の版相が全く否定的である見界は既に述べた。何とも説明のしようもない半端な「貞享」云々の一行は、そもそも彫らるべき性質の文字でなかつたのかも知れない。彫るべきでない、とは撰著者の著作上の意見であり、彫つたのは刻工である、といつたところに行違いの起り得る隙間がある。彫るべき理由のないものが現に彫られてある、

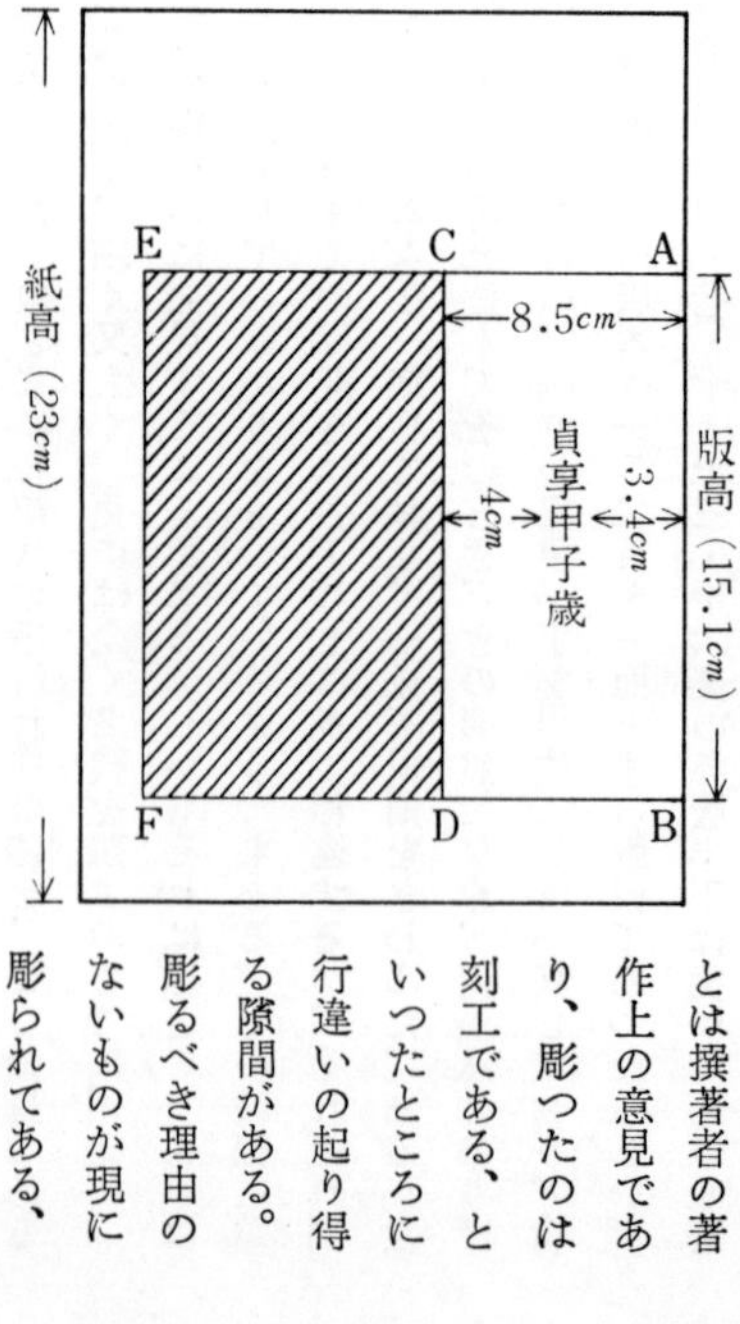

それは版下にそうあつたから。そして、細工の途中の、仕事としては中途半端な「貞享甲子歳」のところで刻工は刀を捨てた。そうするように指示を受けたから。刊記としての条件を満足さすに十分な程度の日付けの一行、或いはその他にも本屋付けなど、その彫刻の中止を何故に考え、何故に指示したか。勿論明証のあるわけでもないが、最初版下執筆時の意向に反して、実際の刊行がその表記する時期貞享元年を過ぎてしまつた、恐らくは井筒屋目録が記録しているように翌二年になつてしまつたから、ではあるまいか。一たびは版下によつてことは進められたものの、中途半端な仕事で止めてしまつて、結果としては無駄に彫られたこの五文字は、むしろ削りすてらるべき性質のものであつたかも知れない。が、現実には消されはしていない。

版木にそれとして彫られてあるものを、しかも紙面に刷りださないためには、その版上に墨をさえ塗らなければよい。そして更に、その上に摺り刷毛を走らさなければ、この空手間に終つたいわば日蔭者の五文字は紙面に姿を露わさぬ道理である。貞享二年でさえそうであつたこの五文字は、まして元禄度に至つてますます不要の度を加える。だからこそ元禄十二年時の印刷だつた俊本『冬の日』に、版としては勿論そのまま存在していた五文字なのに、特に刷りだそうとはしていない。俊本第十七丁表には追加の俳諧六句七行が刷られてある以上、そのとき摺師の手前に据えた版木一枚の見開き右半面には、確かに「貞享甲子歳」を刻した箇所があつたはずである。俊本第十七丁の料紙も半紙の一枚紙である以上、その半紙の半分は確かにこの「貞享」云々の刻字ある版面の上にかぶさつたはずである。しかもそれは刷りだされてはいない。即ち墨刷毛を塗らず、馬連は摺られなかつた。とすれば、このことはたまたま俊本一冊に限つての気紛れではなく、刷らない意図をもつて刷らなかつたのである。刷るべきか刷るべからざるか、それは摺師ではなく、撰者荷兮の意見であらねばなるまい。元禄十二年このときの追刷りは何冊ぐらいだつたか、知るすべもないが、そのすべてのかくあつたであろうことが確認されるためには、更に幾つかの貞享刷本やいま一つの俊本の出現をまたねばならぬにしても、俊本第十七丁裏面の白紙であることの現象を、ともかくこのように解釈する。

第十七丁裏の年号を無視して空白のままでおくという決定が荷兮の主張によるものだとすれば、彼は後々までもこの態度をおし通して実行したかどうか。右記事抹消に関する撰者としての意志は、少なくとも彼の死をもつて終結するわけだが、版元井筒屋は亡き人の遺志をどこまで重んじようとしたことだろうか。小菊紋表紙本ではこともなげにかの五文字を再現しているが、だからといつて、一旦紙面から姿を消したものの、安永前後の小菊本時代になつてようやくはじめて顔を出したともいい切れず、むしろその時期はもつと早かつたのではないか。

一概に蕉風暗黒時代といわれている享保時代なればこそ、かえつて元禄蕉門俳書の若干に古典化現象が起つたのであるが、それはある種の書物についてはその撰述時期の新旧を超越して、時代の古さが既に問題にならなくなつてきた、ということでもある。理由はいろいろあるであろうが、享保にとつて元禄は浄化された完全に過去であり、聖なる俳諧の神々の時代、輝ける古典の時代となつた。『冬の日』の奥に「貞享甲子歳」と旧時そのままの文字を刷りこんだとしても、決して目ざわりにならぬどころか、そのことの故に一層の古典的香気をさえ感得する、といつたような気運がこの頃から芽生えてきたのではなかろうか。この期における芭蕉復帰の風潮にもこれ亦縁なしとはしない。古翁の風躰を慕いなつかしむ、というのは当時一般の風儀で、手だてとして蕉風古典のうちから七つの書を選びだそうとしたある一派一流の運動だけを、享保度俳書古典化の動きに先んじた、陳勝ほどにも功あるものととりたてて評価しようとは思つていない。この享保末年頃の七部集選定主義者どもが手にした『冬の日』のテキストに貞享甲子歳の紀年はあつたか、どうか、何としても確かめたいものである。

　小菊紋表紙で、古版『冬の日』に全丁同版だが、第十七丁裏「貞享甲子歳」の左側に、更に、「京寺町二条上ル町井筒屋庄兵衛板」の一行を加えた一系統の諸本がある。同じ小菊本系統で、本屋名のない古版そのままのものと、本屋名あるものと、この二様のものにおける刷次の前後については、後者の井筒屋在名本をより後印と決定するのに、それほど手数のかかるものでない。とすれば、開版以来はじめて、しかもこの期に及んで突然に姿をみせた本屋付けの一行は入木であるまいか、との嫌疑がまずもたれるのも自然であろう。仮に、原版この面の黒板とならば、「井筒屋庄兵衛板」との幅間はわずかに六・六粍か、せいぜい七粍を越すものでない。「貞享甲子歳」と黒板との幅四糎の中間に書肆名を入木補刻する、このことの技術は決して不可能でない。が、その如くに入木し得たとしても、本屋名をいざ刷りだすためには、前にも記したように、四周に三—四糎のゆとりが必要なのに、実際は六か七粍程度の余裕しかない有様では、黒板につい墨も付けてしまうだろうし、紙を汚す危険は必定である。こうした作業上の問題を計算して、その場所に新に入木を施すためには、原版黒板の部分を必要限度まで左に削りこみ、幅を拡げねばなるまい。事実、無書肆名の原版では版心線から黒板までの幅は八・五糎だつたのが、有書肆名本ではそれが十一・五糎にまで左方に拡大されたところに黒板右端であるらしい痕跡が認められ、「井筒屋庄兵衛板」からこの黒板線までの幅は三・七糎、即ち白版だつた他の四・七・十・十三・十六各裏丁及び無書肆名本第十七丁裏「貞享甲子歳」と黒板までの間隔、それ等にほぼ近似値をもつ。いずれの丁の場合にも、是非それだけの幅をとつておかねばならぬ印刷技術上の必要工作だつたからである。顯本以来無書肆名小菊本に至るまでの諸本が、書物の上に本屋名の跡を示していないのは、俊本刊年の場合と異なり、もともとこの本屋付けの一行は版としては存在しなかつたからである。黒板を左の方に押しせばめたのが、入木補刻のための必要操作だつたとすれば、「京寺町二条上ル町井筒屋庄兵衛板」は当然入木であらねばならぬし、その入木をした時期は小菊紋表紙流行以後、とみて誤らぬ。この種系統の諸本、すべて小菊紋表紙本でないものはないからである。

『冬の日』の「はげ」系頴本及び重ね菊系の俊本、この両期間に幾度か追刷りがなされたとは想像されてよいことだが、その貞享から元禄十二年の約二十年前後に一体どれほどの『冬の日』が発行されたのだろうか。翁生涯の風躰の変遷を、三変説或は五変、七変又は十変・十三・十五などと、種々に設論は異なるにしても、各説殆んどいいあわせたように『冬の日』を蕉風開発の一転機にあてる意向についてはほぼ一致している。それぞれの主張者支考や去来なり許六が手にした『冬の日』の本は果してどんな姿のものだつたか。『冬の日』(第二丁表、第三行「たそやとバしるかさの山茶花　野水」)の字高は、頴本では十五糎だつたものが、小菊本では十四・三糎に縮小しており、いまその数値を測定する便宜をもたぬ俊本について正確には不明であるが、これの縮小率も概ね小菊本の方に近いかと想像している。後刷本に多くみられる版面縮小現象を何と解釈するか、興味ある問題だが、そのメカニズムについて、常識的には版木の枯燥とか、乾湿による料紙の伸縮作用といつた程度以上には説明の用意はない。それにしても、半紙本字高差のこのような数値には殊に異常の感が深い。貞享から元禄まで、想像するほどまでには追刷りされることもなく、大方は井筒屋の版木小屋に塵にまみれたまま見捨てられていたのだろうか。従つて、元禄蕉門の作者達はこの書を入手するには何かと品不足で、案外窮屈な思いをしていたのではあるまいか、なども思案に困じての一時の思いつきを吐くに過ぎない。それにしても、頴本に比して、たかだか十数年を経たばかりの俊本に欠損の度がやや目立ち過ぎるようである。例えば「炭売の」巻十二丁表七行め、

八十年を三つ見る童母《ワラハ》もちて　　野　水

の「八」字は、頴本では完全だつたものが、特に左第一画にいたつては既に痕跡を留めぬまでに形を失つてしまつている。「八」字の欠損は以下の小菊本も勿論同然である。が、小菊本のうちでも、書肆名入木本には、それまでの諸本では早くから欠失してしまつた「八」の字がまた原形に近い姿で再現してくる。しかしそれは、一見して入木とわかるほど投げやりな刀さばきの字様だつた。恐らく、奥の刊記の条に新しく本屋付けを補刻した際、ついでに修正入木したものとみえる。

表紙の右下に「桑畝文庫」の朱方印を捺した柿衛文庫蔵『冬の日』はやはり小菊紋表紙の本であるが、これは古版系に対して、覆刻の関係にある。古版系では第十七丁表にある追加六句七行分を、これは第十六丁裏に移刻して、それで本文を終り、柱刻を殊更に「十六終」と新刻、とりつくろつてある。そして十七丁本終丁裏「貞享甲子歳」の五文字は捨ててしまつて、裏表紙見返しの左下隅に「京寺町通二条 井筒や庄兵衛板」と刊記を小さくおく。本文は「はぜ」の系統で、「八」字も姿を整えている、などいつた本書のもつ万般の特

色は、この覆刻底本が書肆名入木小菊本系統に属することを思わせる。但し、例の「八」字について、本版も正しく第一画を具えておるものの、その第一画の字形は書肆名入木本よりは、古版中唯一の完全本たる潁本にむしろ近似している。又、「はつ雪」の巻二枚目裏第三句（七・オ）「袂より硯をひらき山かけに　芭蕉」の「山」字の終画は同じく潁本にのみ存して、俊本以下すべて欠損。そして本書には完全である。とすれば、覆刻桑畝在印本に対し、その底本たるの条件を満足さすものは、現在知られている諸本中には存在しない、ということになる。潁本の「はげ」を「はぜ」に改訂し、「八」字や「山」字等にまだ欠損を生じておらない段階でのテキストをそれに宛てねばならぬ―とすれば、それは潁本と俊本との間、即ち貞享末から元禄初中年の頃までに刷られたものであろう。そのような書物は要するに確かめようもない幻の書であるに過ぎず、そもそも桑畝在印本の版下自体にしてからが随分テキストとは遊離した独自の筆法をとるところも多く、如上の諸点は、底本としては書肆名入木の小菊本をかぶせながら、底本に不全のところは版下独自の主観により適宜修正したもの、とみておこう。

版相において、書肆名入木十七丁本と桑畝在印十六丁本は原覆関係にあると考えるのだが、後者が前者のおつかぶせであること一目に歴然として明らかである。一応の理窟としても、十七丁本は貞享以来の原版であり、他に異版はなかつたから。小菊本系十七丁本の字高は第二丁表第三句では前述のように十四・三糎である。十六丁本ではそれが十四・一糎。この二版の間にみられる字高の縮小差は、覆刻の過程において原則的にみられる一種の随伴現象で、この縮小率も、版の大小によりそれぞれほぼ一定しており、今の場合での字高差はこの種の版型における一般平均値にやや近接している。本文としては、底本たる古版の姿を崩してしまつて、かなり乱暴な誤刻もあり、『七部婆心録』などのいう、古版と新版とでは刀法が違うとはこうした趣を指したものであろうか。例えば、「炭売の」巻表一枚目第二句（一一・オ）古版の「磨寒《トキサム》」を「磨寒ム」と改変し、同二枚目表第七句（一二・オ）「童《ワラハ》」の附訓を落し、その他漢字の筆順を出鱈目にするなど、数えあげればきりもなくて、決して良本とはいえぬ。しかし版面の磨滅はみえず、刻線は鮮鋭で、新刻新版の感触を豊かに漂わせている。貞享以来一版で通してきた『冬の日』は、桑畝在印十六丁本に及んで、はじめて覆刻による異版の出現をみたわけである。

半紙本『冬の日』で本文が十六丁本形態をとるものに、寛政七年刊『俳諧七部集』本がある。寛政版も勿論「はぜ」・「八」等系統で、十六丁桑畝本に同系のようにみえる。「つゝみかねて」巻二枚目裏第三句（一〇・オ）の「かけうすき」の「き」字の奇妙な誤刻は、桑畝本になつてはじめて発生した、良くない一特色を示すものであるが、七部集本でもこの桑畝本の誤刻を馬鹿正直にそのままの形で現出しており、こうした桑畝本と七部集本、即ち十六丁本同志の親近現象は頗る多く、両版の関係は同版であり、寛政七部集本を桑畝本の後印と考えてよい。ただし、同版としての見地から両本を比較した場合、殆んど各丁ごとにしかも何箇所にもわたつて異刻字がみられ、両者の関係は単純に初印、後印といつた通念だけでは律し切れないものがある。

わずらわしいまでに七部集本各丁ごとに頻出する異刻字の出現を何と解釈すべきだろうか。基本的に同版であつて、しかも前後印両版にみられる異字は、後印のものをもつて入木と考えるのが常識である。が、この常識によつて理解するには余りにもその入木の数が過多だ、ということである。桑畝本の「三線」(六・オ)を七部集本で「三絃」にかえているのは、これを「三味線」の略とみて、とすれば正確には三絃であるべきだ、との主張に基くものなのだろうか。桑畝本「布擣哥」(一一・ウ)を七部本では「布搗哥」に改めているのは正字に訂したつもりであろうし、「簑」(一五・オ)を「蓑」に変えたのは、それをもつて通行と考えたからであろうか。このように七部集本の入木改訂には一つの意見なり主張があつたように思われる。なお『冬の日』中には「鐘」字を三箇所にわたつて使用しているが、頴本以来右鐘字の草体はそれ程難読ともみえないのに、七部集本においてわざわざ入木してやや行書に近い文字に改めたのは何故だろうか。難読のものを読み易い書体に替えるといつた態度も七部集改刻の一つの根拠であることは否みがたく、例は他にもある。が、ともかく誤りを正に返し、難を易に替えるといつたところが、七部集本に新出の入木文字全般に通ずる基本的態度のようである。

寛政七年の『俳諧七部集』は前行の書肆名入木小菊本を覆刻したらしい桑畝在印十六丁本の版木をそのままに流用しながら、且つ広範囲にわたつての改訂を入木の方法によつて行つたものといえる。七部集本に「再刻」などの文字を入れているが、再刻の意味をこのように考えればよいのではないか。ともかく、改訂の理由は、直接には原版のもつ文字や書体の難読性を寛和し、あわせて誤字を訂すという点にあつたのはまず疑いない。恐らくは閲読者の便をはかつての書肆のさかしららしく想像されるのだが、これほど煩脱な手数をふんでまで、何故改訂しなければならなかつたのだろうか。読者のためとすれば、ここに予定されている読者とは何か。いままで一世紀にあまるほどの長い間中、ずつとその姿で通行してきた貞享版のどの文字が、特に入木までして改めねばならぬほどに難読なのだろうか。それを難解とする読者は誰か。古版の読者とその改訂版七部集本の読者と、そうした点においても差異がありとすれば、その意味は何か。又そうした差異をどのように解釈すべきか、興味は書誌の領域から少しはみ出す危険がある。右の現象を享受層における質的底下とみれば、これはむしろ俳諧の歴史に関する小さからざる問題であろう。読者に対するいささか媚態にも近いこの老婆親切が、単に本屋の商業主義に根ざした過剰の思いすごしであつたとすれば、ことは現在でも多く、何もさわぐまでもない。

桑畝在印十六丁本は、その覆刻底本たる書肆名入十七丁本の第十七丁の表を十六丁裏に振りかえることの意図が、この一丁分の節約にあることは明らかである。この桑畝十六丁本をそのままに襲用した七部集本『冬の日』は、他集『春の日』・『ひさご』と合綴して一冊となつたため、自ら単独の表紙をもたず、裏表紙見返しの本屋付けを失つてしまつて、それにはない。上述『冬の日』単行本と、合纂七部集本と、前者の刻線の新鮮さに比して、後者の版疲れは見るに堪えぬほどに痛々しくさえある。十六丁覆刻本『冬の日』は単行本時代には随分重宝されて刷りの度数を重ねたことだろうが、更に七部集本時代になつてその盛行は特にめざましかつたものと考えられる。

井筒屋は自家蔵版十七丁本とは別に、何故覆刻までして十六丁版を新刻したのだろうか。恐らく貞享以来伝えてきた古版が何かの事情で失なわれた、しかも、七部集、いまの場合具体的には『冬の日』、への世の需要は乏しいものではない—といつた条件を満たすものは何か。天明八年一月の京都の大火はその市街地の多くを焼亡してしまつた。最初は紙屋として、創業以来「京寺町二条通り上ル丁」から他に移ることのなかつた井筒屋も、この災火に蔵版のすべてを失つてしまつたのではないか。事実、その頃から井筒屋版の俳書は殆んど姿を消してしまう。例えば、綿屋文庫目録が著録する俳書のうち、安永度における井筒屋版はわずかに数部を出でず、天明に及べば更にその数を減じ、以降この傾向はますます強くなつていく。そうした情勢のもとで、十七丁を十六丁に削減するといつた、まことに貧乏くさい方法をとりながらも、『冬の日』を覆刻した。この版木一枚の節約さえ、当時の井筒屋にとつては余程意義のある処置だつたので、それだけの投資にさえ気を使わねばならぬやりくりだつたのだろうか。そうした井筒屋が覆刻『冬の日』に托した回生の夢はどんなに大きかつたことだろう。

天明の大火をもつて古版消滅の時期に固定した場合、あらゆる古版本系『冬の日』はそれ以前のものであり、桑畝在印柿衛文庫蔵十六丁本を証例とする単行の新規覆刻本は、天明八年以降寛政七年七部集合纂本成立までの間、ということになるであろう。

経眼の七部集合纂本のうち、比較的刷度良好かと推せられるものに、「寛政七年卯春三月再刻、京都書林　筒井庄兵衛　浦井徳右衛門　野田治兵衛　梓行」との刊記を具えた一本あり。井筒屋庄兵衛は連名の巻頭に名を出すが、この世界の約束ではむしろ巻軸者が事実上の版元であるのが定法である。出せば必ず売れるであろうのに、もはや自前でこの大部の書を刊行するほどの資力も才覚もなく、版株の権利を譲つてしまつて、連名の端につらなつてようやく何がしの利益の分前に与るばかりになり下つてしまつたのだろうか。そこには蕉門御俳書所としてのかつての気慨の一かけらも見出し得ぬではないか。貞門古風時代の俳諧御三ツ物所表紙屋庄兵衛以来、連年歳旦の摺物を扱い、芭蕉の時にはその一門の書の殆んどを一手に引きうけて、井筒屋時代を誇つたものが、いまかく消えてゆく、この井筒屋哀史を一遍の感傷と笑い捨てるか、俳諧の学問に何ほどの意義ありと認めるか、考者の好みにことは定まるかも知れぬ。

家運の消長は何も井筒屋ばかりではなかつた。前出七部集連名書肆の巻軸が版元としての定席だとすれば、それは勿論橘屋でなければならぬ。然し矚目の資料奥記刊年の右傍に大きく刷りだした「諧仙堂蔵板」とある一行によつて、これが浦井版であることは誰の目にも明らかである。本版が何故巻軸の橘屋版でなくて浦井なのか、或いはもとは橘屋版だつたのを、後に浦井が求版したものか、『俳諧七部集』書誌の調査も頗る複雑のようであるが、これは当面の問題から外れるが故に、いずれ稿を改めて追及しなければならぬ。ともかく、この頃には橘屋も一昔ほどには威勢なく、むしろ退転の兆濃いものがあつた。

俳諧文学のうち最も聖なる古典七部集とはいうものの、その第一集『冬の日』について、単に諸版諸本の跡を追うなど、知り得て果して何ほどのこともなく、俳諧学の本来に何のかかわるところあろうとも思わない。ただ、『冬の日』某甲某乙後印の書をもつて善本となすこと、『冬の日定本』出刊後何十年かを経た今日においてもなお少なからぬもどかしさに、いささか閑人の閑文字をつらね過ぎたきらいがある。貞享の潁原文庫本、元禄の中村俊定氏蔵本、明和・安永期以来の小菊紋表紙本、そのうちまず無書肆名本と次に書肆名入木本——以上までがいわゆる古版に属するもの、上述書肆入木本を覆刻した柿衛文庫蔵桑畝在印本及び同版を入木改訂して合纂した俳諧七部集本——この二者は古版本に対して異版である。半紙本形『冬の日』の諸版についてなお論ずべき点も少なからずあるわけだが、それ等は第二稿『春の日』において或いは関連して論及するかも知れぬ。

（本稿には同室の畏友石川真弘・大内田貞郎・金子和正の諸氏より多大の助言を得た。又、版下文字調査のための拡大写真作製については、写真部の八木茂氏に一方ならぬ協力を得た。あわせて謝意を表する）

〔図版〕

1 『冬の日』等諸本表紙

2 『冬の日』諸本奥

3 『冬の日』
左 諸本版下対象表
右 桑畝本・七部集本異刻字対象表
（小菊甲本・同乙本とは、それぞれ小菊紋表紙の同版無書肆名本・有書肆名本をいう）

図1

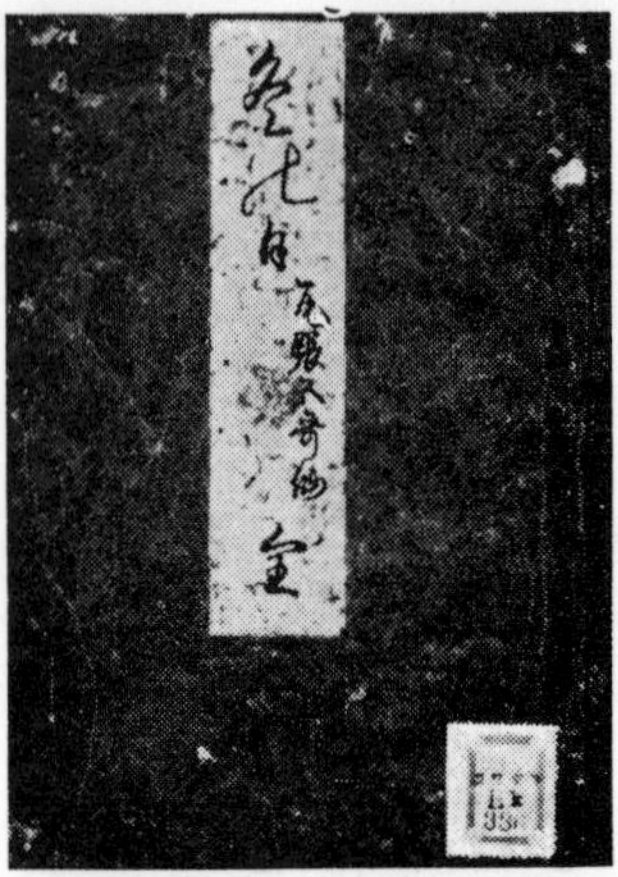

一、顕原本

二、俊定本（裏）

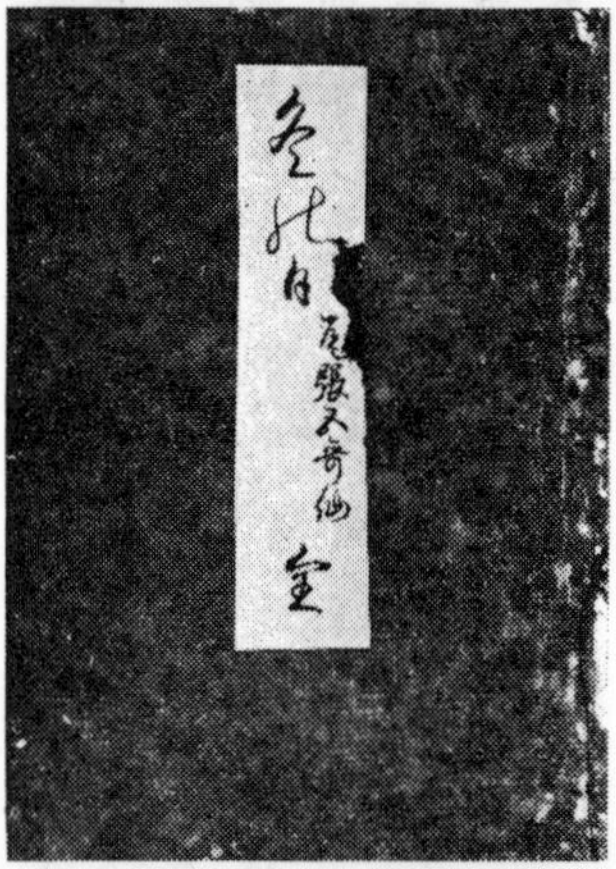

三、小菊甲本

四、桑畝本

五、青葛葉

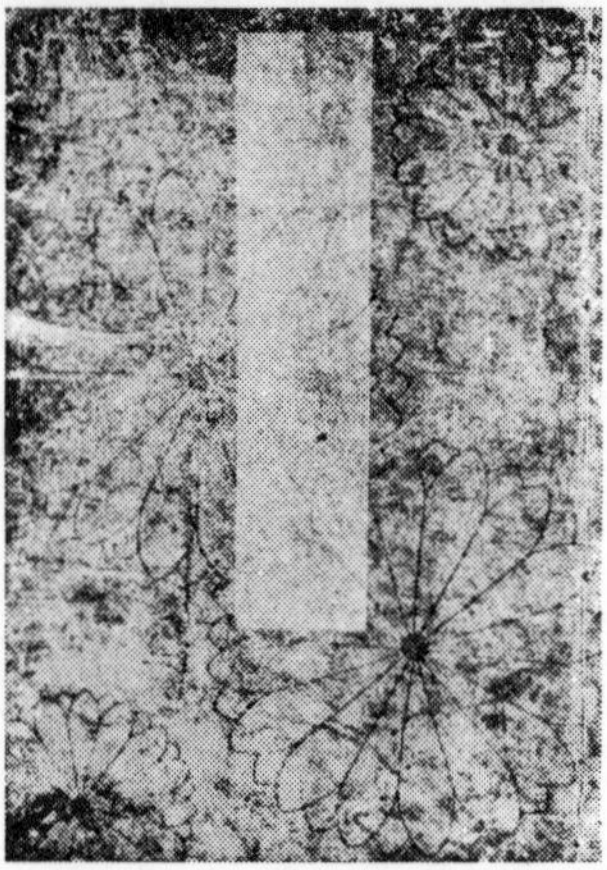

六、蓑笠

図 2

3. 小 菊 乙 本　　2. 小 菊 甲 本　　1. 潁 原 本

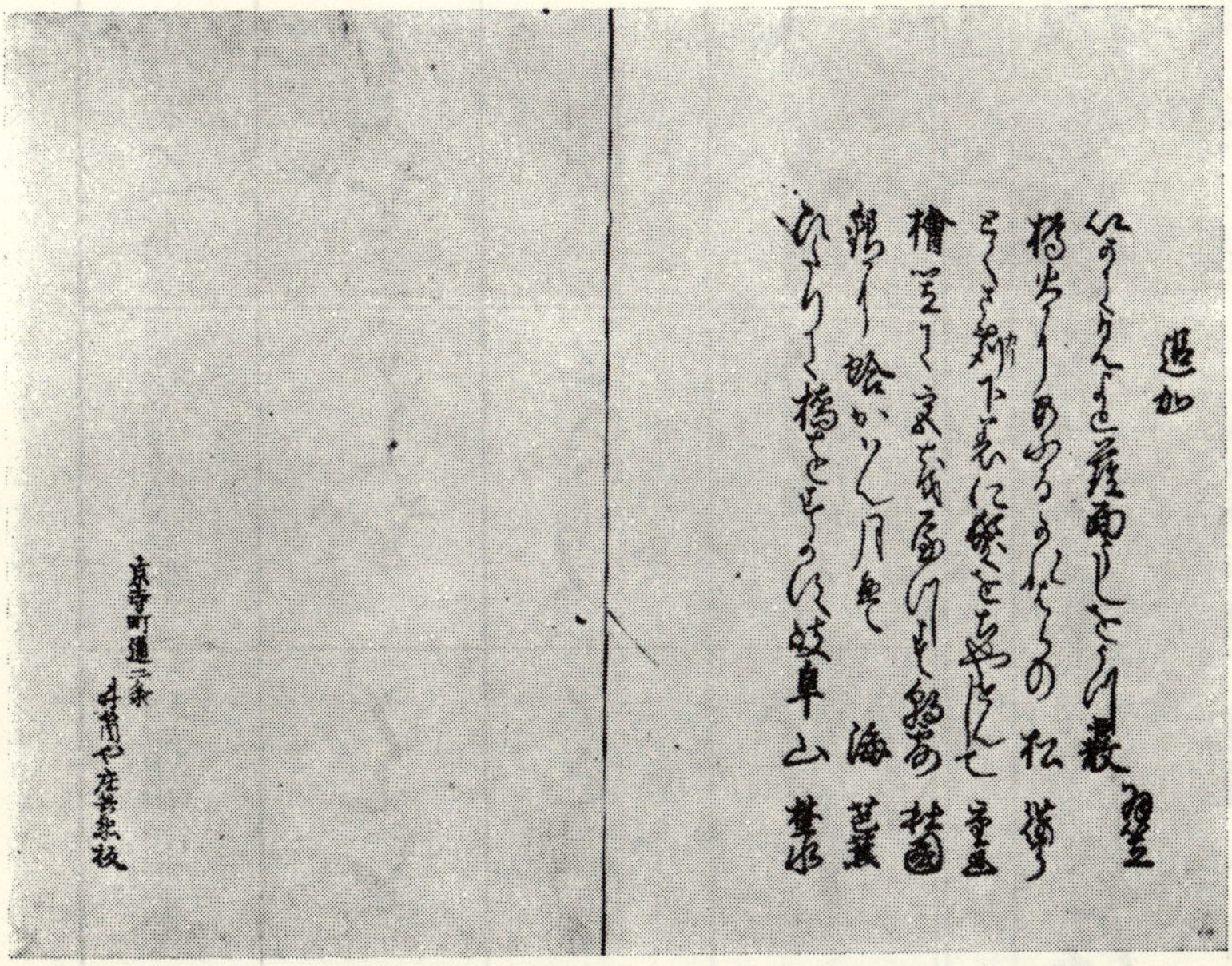


4. 桑 畝 本

図3

12オ・7
10オ・3
10オ・1
纈原本
俊定本
小菊甲本
小菊乙本
桑畝本
七部集本
同
同
同
七部集本
桑畝本
三ウ五
四オ一
五オ三
六オ三
六オ八
八オ三
九オ三
九ウ七
十一オ四
十一ウ三
十二オ一
十五オ一
十五オ六
十六終オ二
十六終ウ二

## 「冬の日初版本考」補説

○　旧臘、名古屋の中野三敏氏架蔵『冬の日』の眼福を許された。私にいわゆる小菊甲本系で、「十七丁」裏に「貞享甲子歳」とばかりあるもの、本文は勿論「はぜ」系に属する。題簽中央単辺「冬の日尾張五哥仙　全」、これも通常の如くである。ただ、小菊は勿論一切の模様をつけぬ、無地の朽葉色表紙。現綴糸は後補だが、中綴じはもとのままで、上述の表紙は原装のものと考えてよかろう。

中野本と、例えば綿屋文庫本小菊甲本との刷りの先後を比較した場合、版刷面での相違は殆んど見出し得ぬが、一二の個所において綿屋本は中野本よりも多く刻線の欠損状態を新加露呈しており、この欠陥は小菊甲本に通じてみられるところであり、その後印本たる小菊乙本にも当然共通する。即ち無地朽葉色表紙中野本の刷次はどの小菊本よりも古く、元禄刷中村俊定氏蔵本と小菊甲本との中間に位置するわけだが、その具体的な時期については明らかでないにしても、明和期を何程か溯ることは確かだろう。

前表紙見返しは袋綴本に通例の仕組みによつて、本文に同質の紙半丁分を貼りつけてあるが、後表紙にはそれとしての独自の見返し紙はなく、本文最終の「十七」丁の裏頁がそのまま後表紙に貼りつけられてしまつている。従つて、本としての形は第十七丁表の「追加」六句で終り、同丁裏に刷られてある刊記は紙背に貼り隠されてしまつている。つまり、この本製作者の意識としては、「貞享甲子歳」の五文字をもはや不用だと無視して捨てたもののように感じとられる。中村本が版木に彫り出されてある「貞享甲子歳」の五文字を摺刷しなかつたのは、その時期が既に貞享ではなくて元禄であるが故の刊記刊年の故意なる無視、と旧稿では解釈したのだが、中野本が第十七丁裏に右五字を刷り出しておきながら、それを後表紙の見返しとして貼り籠めてしまつたのも、ともに意図するところは相通ずるとみてよかろうか。ともかく、前小菊本時代の上梓にかかる中野本の姿が、中村本の無刊記といつた特異な現象に対する私案拙解に多少有用の傍証ともなり得れば幸甚である。

○　これも旧臘、同室の畏友金子さんから近収のものとして示された。題簽『通俗図絵選択本願念仏集』、「峨山祖堂甲子正月二十五日　慈門恵阿」有序、洛西嵯峨二尊院念仏堂蔵版。取次所、京都万屋与兵衛・同銭屋権兵衛、延享改元甲子三月廿五日　京搆（ママ）中登梓。いうが如く延享時の初印又は早印本であるらしく、鶯茶色表紙にはまがうかたなく小菊紋が散らしてある。従つてこの様式の表紙の出現は少なくとも延享初年に繰上ることになる。が、この流行が俳書の世界にまで及んでくる時期がわたくしには問題なので、それは多分明和期以後かという考えを、この新しい資料の出現を前にしてなおかつ改めようとは思わない。

# あとがき

本書は、京都大学文学部潁原文庫蔵『冬の日』を影印複製し、書誌を主とする解説を付したものである。解説にいうが如く、底本をもってこの初版初刷と考えるのだが、管見のかぎり存一本で、他本あるを知らない。

解説は、「俳諧七部集初版本考」第一『冬の日』篇として、天理図書館誌ビブリア昭和四十五年十月四十六号に、補説は翌年三月同四十七号に掲載のものを、そのままに覆刻した。本文と解説、それに、『冬の日』古注の諸本を改編して各一句ずつ分にとりまとめ翻刻したものをあわせる、以上の二部編成が当初の考えであった。古注篇について一応大方の用意も終ってはいるが、なお多少の時日が必要かと思われる。京大当局から潁原本『冬の日』複製の許可を受けてより既に年余を過しており、この上の遅延はかの好誼にも更に非礼を重ねることになるであろう。初案を改め、とりあえず古注の部を後の機会にきりはなすことにした所以である。

昭和十一年京都大学に学び、その年、同学井口壽・故木久隆・村田穆君等相集り、課外に『冬の日』を輪講し、在京の中村幸彦・大谷篤蔵等の諸先学に指導を得た。席を中村氏寓痩柳軒にかり、宇田久校『古板俳諧七部集』を使用、これは当時われ等の手にし得る最上の書であった。その頃、先師潁原先生は洛西大将軍に家居して久痾を養っておられたが、病余の間、私輩を教導することを惜しまれず、しかもそれは懇切丁寧をきわめた。そして二十三年八月三十日御逝去の日まで終にわたしは大学での先生の講莚に侍すること一度もなく、員外の、いわば木の端の門人と自ら称している。その気鋭と稚気の故に、芭蕉七部集中『冬の日』を殊に好むが、いま先生遺愛の書によってこれを読むに、往時茫々、懐旧の思いは油然としてとめどもない。

終りに、影印・覆刻の許可をたまわった京大文学部と天理図書館、貴重の蔵書を使うにまかせらるる岡田柿衛老、中村俊定師のいつもながらの温情に、頭を垂れて感謝する。あわせて、本書上梓の万般をとりしきって下さった同室の同僚石川・大内田・金子の諸君及び山口嬢の友情を忘れない。

# 餘二稿　二

家在寧
楽興福
尼寺前

昭和四十九年八月三十一日

木村三四吾編校